오래된 꽃

맑은누리 시인선 001

오래된 꽃

사랑하는 나의 아내 은주씨

정재돈 시집

맑은누리

서언

온종일 가슴이 통째로 나들이 간 적이 있다. 누구나 때가 되면 자신만의 사랑의 길을 만들고 마음 어귀에 커다란 문을 세워 놓는다. 나도 한때 꾸불꾸불한 언덕길에 큼지막한 문을 놓아둔 적이 있다.

그 길 지나 문 뚫고 어느 빛이 하나 들어왔다. 온도는 따사롭고 촉감은 매우 보드라웠다. 향기는 몹시 온유했고 맛은 감미로웠다.

나는 차츰 그 빛에 잠식되었다. 심령은 온통 빛의 종이 돼버렸다. 육신은 전신 장애를 앓았다. 24시간 뭉게구름 타고 하늘 날아올라 사방을 미친 듯이 돌아다녔다. 세상이 그렇게 아름다운 적은 없었다. 생이 그렇게 포근하게 감싸 안은 적은 없었다.

삶의 쳇바퀴 내려놓고 가끔, 그때 그 길을 더듬어본다. 창문 틈으로 아련한 빛이 들어온다. 퇴행성 기억이 아등거리며 일어선다. 곰팡이가 득실거리던 가슴 속에, 항균의 액체가 밀려든다.

시인의 말

진정한 사랑이란 무얼까?
그 대답을 선뜻 내어놓기란 쉽지 않다. 청춘의 시절, 손끝만 닿아도 짜릿한 게 사랑인 줄 알았는데 살다 보니 사랑은 미운 정 고운 정들어 그 사람이 내 삶의 일부가 돼버려 없으면 왠지 공허한 데서 오는 것 같다. 사랑은 간절함에서 오는 것이다. 사랑은 측은지심에서 오는 것이다. 결국, 사랑은 두 사람의 진실한 믿음과 서로 마주 보고 기대며 아끼는 마음에서 오는 것이 아닐까 생각했다. 마치 지게와 작대기가 기대고 서 있는 것처럼.

사랑은 앞날을 내다볼 수 없는 두근대는 새벽에서 시작하여 소낙비 내리는 오전과 흐린 정오를 거쳐 개인 오후를 지나 다시 어두운 밤에 결실 얻는 것이다. 사랑은 계절과 환경이 변하여도 묵묵히 그 반려자의 곁에서 변함없이 있어 주는 것이다.

이제 아내와 만남부터 결혼 후 지금까지 경작한 곡식을 수확할 때이다. 나는 오늘, 푸성귀 반찬에서 먹음직스럽게 요리한 이야기를 하나의 보따리로 세상에 살포시 풀어놓으려 한다. 누군가 소소하게 차린 나의 밥상을 맛보고 공복에 사랑의 음식을 채워 마음이 두둑해지는 시간이 되었으면 좋겠다.

차례

제2부 번지는 오전 만남 그리고 풋풋한 사랑

제3부 정오를 지나서 결혼, 새로운 시작

제4부 끓는 오후 환란의 계절, 깨달음

제5부 마주 보는 밤 진정한 사랑 앞에 서서

제1부

두근대는 새벽

사랑으로 향하는 외침

초승달

다 못 보여줘서 미안해
사랑은 조금씩 보여주는 거야

다 못 내어줘서 미안해
사랑은 조금씩 내어주는 거야

다 주고 싶지만
금방 다 없어질까 두려워서 그래

하지만 걱정하지 마
먼 훗날
둥글고 광휘한 사랑을 만들기 위해
조금씩 아껴두는 거야
이렇듯 인내하는 거야

외짝사랑

내가 네게로 가는 길에는
풀어야 할 수많은 아픔이 제시되어 있다
항상 푸른 신호등이 켜져야 하고
너에게 알맞은 말들의 옷을 입어야 하겠다

암호화된 문을 열기 위해
수천 번도 더, 너의 생각을 해독해야 할 것이다
발걸음은 연일 가벼워야 하고
괜한 웃음은 미리 흘리지 말아야 한다
너를 만나고 나서도 충분하니까

바닥에 떨어지는 통증은 너에게 가는 발자국
네 심장에 맞는 치수와 보폭으로
나는 오늘도 너에게 깜냥깜냥 다가간다

등 굽은 골목길 돌아
막다른 대문 앞에 가서야 너를 만날 수 있다
내 생각이 너의 눈빛과 꼭 들어맞는 날

나는 비로소 너를 만날 수 있다

눈물은 밤마다 너에게 쓰는 연서
편지의 필력이 바다의 기개가 돼서야 너에게 도착할 것이다
네가 나의 눈빛이 아니어도 괜찮다
네가 나의 발걸음이 아니어도 상관없다
단지 변함없는 자세로 있어주길 바란다

오늘도 행복한 통증으로
나는 너에게 가는 길을 만들고 있다
배부른 하루가 트림하며 미쁘게 걸어온다

사랑 바이러스

어느 날 문득
당신에게 로그인된 나
그때 이후 줄곧
마비돼버린 하드디스크
오작동하는 마우스
변환되지 않는 자판

애정 바이러스에 감염된 나
로그아웃되지 않는다
모니터는 색맹이 된 지 오래
오직 단색이다

온통 광휘한 어둠이다
매일 행복한 고통이다
치료되지 않은 방
나는 그 안에 갇혀있다

백신은 오직 당신뿐이다

사랑의 칵테일파티 효과

사랑과 무관심의 차이는 거리다
멀어도 지척에 와 닿는 것은 사랑
지척에 있어도 먼 건 무관심이다

사랑과 무관심의 차이는 소리다
멀어도 들리는 것은 사랑
가까워도 들리지 않는 건 무관심이다

사랑은 특별히 크게 들리는 것이다
북을 치듯 많은 행인이 거리를 걸었다
발자국 소리를 들어보았다
그중 낙엽이 내리듯 걷지만
북소리 뚫고 유난히 강하게 달려오는 소리가 있다

창문을 꼭꼭 닫았다
문을 닫으면 잠잠할 것 같지만
문틈을 뚫고 크게 들어오는 것이 사랑이다

혹시나 창문을 열어보았다
문을 열면 쉬이 나갈 것 같지만
더 가까운 거리에 와서 앉는 것이 사랑이다

나는 지금 강속구 투수의 구질로
당신에 관한 소리를 듣는다
내게 오는 진격의 북소리를 듣고 있다

당신의 소리가 떠나지 않는다
당신이 내게 오는 소리로 뒤척이다
끙끙대는 요란한 방안

칵테일파티 효과: 자기에게 의미 있는 정보만을 선택해 받아들이는 것.
자신이 관심 있는 이야기는 골라 들을 수 있는 것을 말한다.

조개구이 사랑

조개가 입 벌리는 시간
바다가 서서히 다가오고 있다

웅숭그린 바다도 때가 되면
끓어오르는 법
무엇이든 처음엔
문 닫고 열어주지 않는 것이다

너무 조급하거나 억지 부리지 말자
나에게 불콰하게 끓어오를 때까지
이 자리에서 진득하니
미쁘게 기다릴 줄 알아야 한다

자연스럽게 다가올 시간을 주자
스스로 문 열고
나에게 오는 때 기다리며
후줄근한 역경 기껍게 맞이하자

그가 나의 입맛에 맞는

온도와 깊이로 익을 때까지
한 자리에서 웅숭깊게 기다릴 것이다

그가 시나브로 오고 있다

국밥

으스스한 날
외롭고 허기질 때
당신 속
든든하게 채워줄 수 있다면
나는 펄펄 끓는 솥이라도
마다하지 않겠네

당신의 심지에 들어가
냉랭한 마음
온화하게 데워줄 수 있다면
나는 기꺼이 으스러져도 기쁘겠네

단 한 끼를 살다가도
그렇게 당신을 위해
뜨겁게 끓어오를 수 있다면
결코, 후회는 없겠네

우산

일생에 단 한 사람
몰아치는 빗물 막아주는
우산이 되고 싶다

그 두 손에 꼭 쥐어진 채
줄곧 한길 바라보며
행복한 눈물 흘리고 싶다

비록 첨벙첨벙한 길일지라도
그댈 위해 기꺼이
모질게 펴지고 싶다

그대와 함께라면
줄곧 장대비에 부딪혀도 좋다
멈추지 않는 장맛비에
후줄근하게 젖어도 좋다

내 손 꼭 잡아주오

그

대

그대 품속에 영영

나를 미쁘게 펼쳐주오

가슴으로 하는 말

때론 가슴으로 말해야 할 때가 있다
너무 벅차올라
어떤 말보다 눈빛으로 하는 말
다가가 소리 없이 안아주며
온화한 가슴으로 전하는 말

당신과 내가 하나 되는 순간
뜨거운 강물 흘러내렸다

때로는 가슴이 말할 때가 있다
그때, 가슴은 선한 눈빛이 되고
눈빛은 강력한 애정의 낱말이 된다

가슴으로 하는 말보다
아름다운 표현은 없다
진실한 대화는 없다

사랑의 가격

사랑의 값은
가격이 정해지지 않는다

사랑을 주고 살 때는
흔한 화폐가 필요 없다
형용할 수 없는 전율과
너울 같은 환희가 그 대가

사랑과 봉사는
마음의 통장에 수천억을 넣는 일
이자가 셀 수 없을 만큼 넘쳐난다

사랑은 받는 이보다
주는 이가 부자가 된다

사랑은 값을 지불하고도
이익을 얻는 장사이다

포옹

후줄근한 파도가 바위에 안착했다
거친 항해를 끝낸 어선이 부두에 접안했다

이것은 사랑한다는 표현의
가장 진실한 목소리

엔극과 에스극의 열정적인 만남
콘센트에 플러그를 꼽았다
강한 전류가 흘러왔다

말보다 심오한 표현 우수수 쏟아졌다
꺼지지 않는 강력한 불쏘시개

반과 반이 하나가 되는 순간
완벽한 도형 완성됐다
가슴속에 광휘한 탑 쌓았다

이것은 튼실한 믿음의 성

사랑의 조건

사랑 불씨는 관심이다
사랑 불쏘시개는 온화한 표현
사랑 연료는 진실한 행동과 믿음

이따금 찢어진 사랑 꿰매려면
인내와 뼈 깎는 희생이 필요하지

사랑은 마음을 한데 엮어야 하는 것
한 올 한 올
한 땀 한 땀
소망의 오색실 엮어
한 벌 따듯한 옷
함께 만들어가는 것이다

따스한 옷 걸쳐 입고
같은 추억 떠올리며
서로 마주 보고 웃는 것이다

향기

선한 마음이 꽃이다

예쁜 꽃이라고 전부
향기가 나지 않는다

잎이 못생겨도
향기 나는 꽃
자꾸 다가가게 된다

예쁘게 생겼어도
추한 냄새 나는 꽃
자꾸 멀어지게 된다

진실한 꽃은 잎이 지지 않는다
선한 마음이 향기 나는 꽃이다

사랑 일기예보

예보가 빗나가는 일이 잦아졌다
당신이 내게 오면서부터이다
한치를 알 수 없다
나는 당신이 풀어놓은 구름 꿰매어
치수에 알맞은 옷 만들었다
처마 밑에 뿌려놓은 빗물 떠다가
찌든 손발 씻었다

비에 젖을까
우산 들고 가는 날에는
당신은 온종일 맑았다
뙤약볕에 얼굴 타지 않을까
모자 깊게 눌러쓰고 가는 날에는
당신은 온종일 찌푸렸다

나는 당신 기상도 만들고
현재 기압과 강우대 살피고 있다
시도 때도 없이 황사 일고 돌풍 몰아닥쳤다
맑게 갠 하늘에 작달비가 내렸다

한파에 온풍 불어왔다

별빛이 창문 틈에 앉은 밤
케케묵은 방안에 기상특보 흘러왔다
후줄근한 어깨가 침대에 닿지 않는다
애당초 일기예보란 없다
밤이 너무 길다

줄 수 없는 사랑이라 아픕니다

줄 수 없는 사랑이라 아픕니다
바다 속, 용궁에 있는 것도 아니요
하늘나라 천국에 있는 것도 아닌데
그저 바라만 보고 있습니다

줄 수 있는 사랑은 많은데
줄 수 없어 마음이 아픕니다
그대가 가까이 있지만
만질 수도 흔한 인사조차 할 수 없습니다
내 마음 내어 보일 수도
사랑한다고 말할 수도 없습니다
그저 당신을 멀리서 바라만 보고 있습니다

줄 수 있는 사랑이 있는데
나의 입과 몸은 허수아비가 되었습니다
그대 곁을 지켜주는 이들이 있어서
아쉽지만 마음을 놓습니다
당신이 행복해하는 모습이
내겐 커다란 기쁨입니다

당신은 내 생애
잊히지 않는 사람으로 남습니다
결코, 잊힐 수 없습니다
그러나 이 말은 꼭 전하고 싶네요
다해 주지 못해 미안했고
다 보여주지 못해 아쉬웠지만
사랑했기에 정말 행복했습니다

119

급해요 얼른 와주세요
이러다 심정지 올 것 같아요
당신 만나고 별은 사라지지 않아요
낮이든 밤이든
밤엔 별 되어
낮엔 강렬한 빛으로 와요
잊으려 해도 잊히지 않아요
그것은 내 마음을 당신이 쥐고 있기 때문입니다

어제 만나 간직해둔 당신 환한 미소를
오늘 밤 애써 그리려다 잠이 들었습니다
얼마쯤 지났을까
눈떠보니 새벽이 오는 것을 느꼈어요
난 서둘러 당신 얼굴 떠올려 보았지만
희미한 기억이 아른아른해

알아요
사랑은 위험하다는 것을
하지만 당신 숨소리가 떠나지 않아요

당신은 척박한 내 뜰에 수려하게 핀 한 송이 꽃
당신 향기가 유일한 나의 처방전
당신 미소가 나의 특효약입니다
고마운 당신
당신이 오셔야 난 회생할 수 있습니다
비상등 켜며 빨리 오세요
지금 여기로

헤어지는 이에게

헤어지는 것보다 더 가슴 시린 일이 어디 있으랴
나는 오늘, 당신과 작별 문 앞에 서서
그동안 마음속에 꼬깃꼬깃 접어둔 문장들을 끄집어 내려합니다

헤어지는 이여
당신은 나른한 봄, 눈가에 소담하게 피어난 꽃이었습니다
농후한 향기가 아직도 콧등에 스미니까요

그래요 그렇습니다
당신은 무더운 여름 청량한 바다였습니다
아직도 시원한 바람이 철썩 귓불을 스치니까요

당신은 호젓한 가을 단풍처럼 곱게 써 내려간 편지였습니다
아직도 마음속에 훈훈한 감동의 글씨가 있으니까요

그래요 그렇습니다
당신은 을씨년스런 겨울 청초하게 내린 함박눈이었습니다
아직도 보드라운 떨림이 스멀스멀 다가오니까요

당신은 내 마음속 지워지지 않는 문장입니다
지우려 해도 지워지지 않습니다
애틋한 추억의 잉크로 썼으니까요
영롱한 사랑의 물감으로 색칠했으니까요

헤어지는 이여
아쉽지만 이제 당신의 옷깃을 놓으려 합니다
하지만 나는 당신을, 봄의 꽃과 여름 바다처럼
가을편지와 겨울 함박눈처럼
사시사철 올올이 내 마음 한편에
조곤조곤 애틋한 그리움으로 물들이겠습니다

헤어지는 이여 이젠 안녕
사랑했기에 더욱 행복했더랬습니다

제2부

번지는 오전

만남 그리고 풋풋한 사랑

겨울 바다

당신과 내가 만나던 날
낙엽 지고 하이얀 눈이 내렸습니다
추운 겨울날에도
봄 꽃보다 아름다웠고
여름 소나기보다 절실했으며
가을 향기보다 심유했습니다

찬바람이 손 온도 내렸지만
당신과 손 잡을 수 있게 했습니다
파도가 일렁이고 바람 옷깃 여미는 바닷가에서
당신과 나는……
겨울바다가, 우리를 만들었습니다

수평선 너머 은홍색 물감으로 색칠하며
바다 품에 안기는 해 보며
당신도 내 품에 안겨
한참 동안 아무런 말이 없었습니다

바다가 태양에 타들어 가고

불그스름한 꽃 피워 낼 때쯤
내 마음도 당신 바다에 녹아서
점점 붉은 빛으로 변했습니다

겨울바다는 살보드라운 추억 남긴 채
차츰 어둠 속에 물들어가고
당신과 나는 그들과 함께
온화한 아지랑이처럼 피어올랐습니다

그리움을 이기는 법

그리운 사람이 보고파
매우 견디기 힘들 땐
가만가만 눈을 감는다
눈 감으면 하롱하롱 펼쳐지는
청아한 도화지 하나
마음속에 넣어 둔 붓을 꺼내 들고
추억의 물감으로
당신 얼굴 그려본다

눈 감으면 펼쳐지는 밤하늘
그곳에 흐드러진
당신의 별이 빛나고
별을 비추는 달의 영롱한 미소
별빛이 내려와
내 가슴 적시고 간다

당신이 보고 싶을 땐
눈 감는다
그러면 당신을 찾지 않아도

당신은 내게 먼저 다가와
나를 뜨겁게 안아준다

당신이 그리울 땐
눈을 감는다
눈 감으면 세상은 오직 당신뿐
당신을 쉬이 만날 수 있다
눈 감으면 영영
당신은 내 곁에 있다

기다림의 행복

기다림이 지루하지 않은 이유는
지금 누군가를
사랑하고 있기 때문입니다

당신을 기다리는 이유는
그 사랑을 조금 더 아껴두기 위해
잠시 멈춰서 있는 것입니다

당신이 오지 않아도
기다릴 수 있는 이유는
그 마음을 이미 알고 있기 때문입니다
당신이 어떤 모습으로 다가올까
나는 연신 설레고 있습니다

기다림은 고독하지만
당신을 기다리는 일은
매우 행복한 일입니다

바람

당신은 나에게 온전히 다가와
슬픔의 반을 나눠주는 사람이면 좋겠다
어디 마땅히 기댈 곳 없을 때
나에게 미쁘게 다가와
흐느적거리며 한껏 우는 사람
혼탁한 당신 저수지가 나에게 흘러들어와
맑은 샘물이 될 수 있었으면 좋겠다

당신은 내가 서슴없이 다가가
티 없는 웃음을 건넬 수 있는 사람이면 좋겠다
기쁜 일이 있을 때
맨발로 허겁지겁 달려가
나의 행복을 나눠줄 수 있는 사람
척박했던 당신의 대지에 단비가 되어
땅에서 뿌리가 나고
흐드러진 꽃이 피어날 수 있었으면 좋겠다

기다림의 의미

누군가를 진실로
사모해 본 사람은 안다
기다림이 얼마나
고된 일이라는 것을

누군가를 애타게
기다려 본 사람은 안다
만남이 얼마나
소중한 일이라는 것을

이별을 맛본 사람은 안다
누군가를 애타게
기다렸던 시간이
얼마나 행복했다는 것을

짝사랑

하나도 아프지 않아요
멍든 가슴 그대가 모두 치료해 줄 테니
후회하지 않아요
그대만 바라보는 해바라기 될 수 있으니

혼자서 바라보는 애끓는 마음이
한없이 눈물 흘리게 하지만
괜찮은걸요
꽃으로 피어나 당신을 기다릴 테니

너무 오래 기다리게 하지는 마세요
세찬 바람이 불어오고
비바람이 불어도 견디지만
낙엽이 지면
나도 따라가야 할 테니

혹시 가셔야 한다면
말없이 그냥 가세요
흐드러지게 핀 꽃이

어디 가지 말고
내 가슴에서 살 수 있게

까닭

파도에 밀려 수평선으로 간 배가
다시 돌아오는 까닭은
거기 항구가 있기 때문이다

온갖 장애물에 부대끼는 시냇물이
다시 흘러갈 수 있는 까닭은
거기 강이 있기 때문이다

계절을 따라 날아간 철새가
다시 돌아오는 까닭은
거기 변함없이 있기 때문이다

시련에 넘어져도
다시 일어서는 까닭은
거기 당신이 있기 때문이다

만남과 헤어짐 속에

당신과 헤어짐은 아쉽지만
다시 만날 날에 가슴이 벅찹니다
당신 떠나는 뒷모습
가만가만 바라보고 있노라면
행복한 눈물 넘쳐흐릅니다

당신과 새롭게 만날 날은 그날뿐이요
그다음은
당신을 그리워하는 날들뿐입니다

당신이 아무리 먼 곳에 있다 해도
나는 두렵지 않습니다
내 모든 생각과 마음을
그대가 간직하고 있기 때문입니다

모두 줄 수 있는 당신

꽃들에게 물었다
내게 줄 수 있는 것이 무어냐고
화창한 봄날 향긋한 냄새와 아름다움을 준다고

바람에게 물었다
내게 줄 수 있는 것이 무어냐고
더운 여름날 시원함을 가져다준다고

나무에게 물었다
내게 줄 수 있는 것이 무어냐고
푸르른 가을날 멋진 낭만을 준다고

눈에게 물었다
내게 줄 수 있는 것이 무어냐고
추운 겨울날 아름다운 추억을 가져다준다고

눈 내리는 날, 당신을 만났다
계절이 몇 해가 가고 다시 봄

당신에게 물었다
내게 줄 수 있는 것이 무어냐고
봄에는 활짝 핀 꽃
여름에는 시원한 바람
가을에는 멋진 낭만
겨울에는 아름다운 추억을 준다고

모두 줄 수 있는 당신
그런 당신이
지금 내 곁에 있다

첫사랑

생활 속에서 많은 행복 얻었다 해도
결코, 기쁘지 않았다
시리게 가슴 아픈 날이 찾아왔다 해도
이처럼 슬프지 않았다

이유는 단 한 가지
밤이면 항상 내 창가에 환한 미소로 찾아드는
유난히 빛나는 별이 있기 때문이다
그 별이 어떠한 모습을 가졌는지
누구의 것인지 아무도 알 수 없으나
오직 나만이 그 별을 간직하며
가슴에 차곡차곡 묻어두었다

그 별을 이미 오래전부터 알고 있었으나
별을 만나기 위해서는
험난한 길 지나서
고난의 좁은 문을 통과해야만 한다는
어느 천사의 말을 들었지
오랜 기간 안타까워하며

오직 그 별을 만나기 위해
가슴 시린 눈물을 삼켜야만 했다

이제 내게 남아있는 건
그 별에게 다가가
진실을 말하는 일 밖엔 아무것도 남지 않았다
어릴 적 꿈에 보았던
그런 사랑을 이제는 만나고 싶다
가슴에 묻어두었던
풋풋한 사랑을 이제는 하고 싶다

사랑앓이

어제 만나 간직해둔 너의 환한 미소를
오늘 밤 애써 그리려다 난 잠이 들었다
얼마쯤 지났을까
눈 떠보니 새벽이 오는 것을 느꼈다
난 서둘러 너의 사진을 보았지만
너의 따듯한 음성은 들리지 않았지

네가 지금 곁에 있다면 무엇도 필요치 않아
손 내밀면 금방 느껴지는 따듯한 체온
언제가 너는 내게 안기어 슬피 운적 있었지
말 안 했지만 너의 사랑을 느낄 수 있었어
너를 사랑하는 마음 대신할
그 무엇은 없을까

내 진실을 네게 모두 줄 수 있다면
나의 웃는 모습을 항상 네게 보여 줄 텐데
너를 보면 왜 자꾸 약해지는지
사랑하기 때문인가봐

소중한 사람

소중한 사람을 지키는 일은
소중한 사람이 있다는 사실에
늘 감사하는 마음이다
그 사람을 바라보며
사랑한다고 말하는 것이다

소중한 사람은
함께 있을 때 보이지 않고
떠난 뒤에
멀리 있을 때
선명하게 나타나
더욱 절실하게 느껴지는 것이다

늦기 전에 말해요

감추고 애태우지 마요
조금 늦으면 후회할지도 몰라요
아프면 아프다고 말해요
진실은 아픈 가슴을 이해해 주니까요

당신만의 감정은 아닐 거예요
사랑하고 있으니까요
그냥 설레어 말하지 못할 뿐이에요
그대 맘이 너무 엷어서 바라보고 있는 거예요

미리 사랑을 예약해 둬요
달아나지 않게 나지막이 귀띔이라도 해요
꽃이 졌다가도 피어날 수 있게
잎이 떨어졌다가 다시 돋아날 수 있게

늦기 전에 말해요
사랑한다고
너무 서두르면 깨어지고 부서질까봐
조금씩 아껴두는 거라고

미친 사랑

머언 길 떠나신 줄 알았습니다
하지만 제 가슴속에 숨어 계셨군요

내 심장은 당신 샌드백
당신이 다가와 두들겨야
비로소 뜁니다

내 눈은 희미한 호수
당신이 오셔야
비로소 흰여울 됩니다

내 마음은 열리지 않는 자물쇠
그대 손길이 유일한 열쇠입니다

내 뜨거운 피는 꺼지지 않는 큰불
그대의 사랑이 유일한 소화기입니다

당신에게 나는

당신에게 나는
땅 위에 떨어져 눕더라도
봄의 따듯한 기운 빌어
한때 눈부시게 피는 꽃이고 싶다

당신에게 나는
파도가 울며 몸 적시고 가더라도
아무 일도 없듯 해님 따스함 빌어
곱게 빛나는 백사장이고 싶다

당신에게 나는
몸은 비록 해지고 떨어질지라도
가을의 고독함 빌어
당신 마음 수놓는 낙엽이고 싶다

당신에게 나는
언젠가 녹아 없어질지라도
겨울의 냉랭함 빌어

당신의 척박한 대지에 나앉는 눈꽃이고 싶다

나는 당신에게 그 무엇이 되고 싶다

은주에게

우리 앞날은 자연에 맡기자
사랑은 시냇물을 따라
강을 거슬러 바다에서 만나기로 하자

가다가 큰 바위가 있으면 피해가고
다리가 있으면 해하지 않고
계곡이 있으면 힘차게 뛰어내려
예쁜 모양도 만들고
물고기가 오면 어루만져 주면서
그렇게 가자

비 오면 우산이 되고
외로울 땐 바람이 되어 서로를 지켜주자
먼 훗날 뒤돌아보아도 후회하지 않을 만큼
예쁜 사랑을 가꾸어 나가자

자존심 집어던져 버리고
서로 웃으며 기댈 수 있는

예쁜 사랑 만들어가자

제3부

정오를 지나서

결혼,새로운 시작

가위

각기 다른 날이 만나
부부 연으로 하나가 되었다

혼자서는 쓸모없는 쇠붙이
뜨거운 용광로에서 나와 각자의 날로 살다가
어느 공장에서 백년가약 맺었다

두 개의 날 끄트머리에
부부란 숙명의 사북 박았다
자식을 위한 뿌덕뿌덕한 움직임에
수백 번 엇갈려 교차하고서야
점점 보드라워지는 법 배웠다

엄지손가락으로 누르면 된다는
남편의 돌심보에 빗나가기 일쑤였다
아내와 평상심 유지하며 합심하여 힘을 모을 때
반듯하게 잘리어 나갔던 숱한 역경의 날들

그것은 서로 엇갈리는 것이 아니라

쓸모없는 것을 없애고
필요한 모양을 만드는 일이었다

나사가 풀리면 다시 조이고
수차례 엇갈려 비비고 보듬으며
낡아 사그라질 때까지
아름다운 가정의 모양을 만들어가는
위대한 움직임의 조화였다

비빔밥

행복은 한 울타리 안에서
서로 보대끼며 울고 웃다가
맛깔스런 음식이 되어가는 것이다

비록 보잘것없는 재료일지라도
외롭고 허전한 누군가
빈속을 달랠 수 있다면
나는 기꺼이 부딪혀도 좋으리
마구 뒤섞여도 좋으리

공복으로 음울한 한때
서슴없이 기쁨으로 다가가
허기진 누군가를 위해
소중한 한 끼가 되고 싶다

부부

우리가 사랑한다면
아득히 놓인 가시밭길 두려워하지 않으리라
그 길이 때론 상처와 아픔 일지 몰라도
그대가 내 상처를 내가 그대 아픔을 감싸주리라

우리 사랑은 언제 온지 모른다
다만 지금 내가 바라보는 배경과
생각하는 공간에 늘 그대가 숨 쉬고
자리 잡고 있다는 사실을 감사할 뿐이다

우리는 애타는 기다림 속에 서로를 맞이했다
기다림은 그리움의 씨앗이 되었고
이제 한 송이 꽃으로 피어났다

우리가 사랑한다면
그늘진 마음 방안 한쪽 구석에 촛불을 켜고 살자
끝이 보이지 않는 어둠속을 헤맬지라도
그곳은 항상 불 밝히며 바라보고 살자

우리가 사랑한다면
날마다 마음속 꽃을 가꾸는 일이다
솔잎보다 더 시푸른 믿음으로
서로를 항상 마주보는 일이다

결혼

운명적인 만남을 기다린다는 것은
가슴을 여러 번 헤집고도 모자라
거센 비바람이 휘몰아치는 거리로
짙은 어둠의 바다로
내 몸을 내던진 후에 나타나는
희미한 불빛을 찾아 떠나는 것
목마른 사막에서
오아시스를 찾아다니는 것

출산

눈
호감
상사병
복지부동
푸른신호등
달콤한속삭임
우물긷는두레박
도끼로나무를찍다
나무가넘어지다
이몽룡성춘향
결혼행진곡
마주보기
마그마
열달
별

행복이란

인적 없는 작은 연못
옹기종기 모여 앉아
정을 나누며 사는 물고기 몇 마리

누구 하나 찾아주는 이 없어도
서로 보듬고 아끼며 살아간다
높은 곳에 오르지 못해도
항상 시푸른 하늘 바라보며
옹골찬 희망 품고 살아간다

바다에 나가 헤엄치지 못해도
바다보다 크고 아름다운
꿈을 꾸며 살아간다

보잘것없고 허름해도
물고기들에게 작은 연못은
바다보다 안락하고 위대한 집

접촉의 미(美)

방치한 자동차가 방전되었고
타지 않은 자전거 타이어에 바람 빠졌다

드나들지 않았던 문에 녹이 슬었고
물 주지 않은 화초가 시들어버렸다

당신과 내가 그렇다
사랑이 그렇다

온화한 접촉은
사랑을 살찌우는 일
당신과 나 사이에
흐드러진 꽃을 피우는 일이다

당신의 의미

나는 늘 조마조마한 새벽이었습니다
하지만 그대라는 해를 만나고
찬란하게 떠오르는 아침이 되었습니다

나는 흙 속에 묻힌 씨앗이었습니다
하지만 그대라는 단비를 만나
활짝 피어오르는 꽃이 되었습니다

그렇게 고마운 당신
당신은 내 삶의 까닭이며
내내 마르지 않는 샘물입니다

당신이 있어 행복합니다
영영 사랑합니다
고맙습니다
당신이란 위대한 사람

바늘과 실

바늘 반쪽과 실 반쪽
부부 연으로 하나가 되었다

바늘은 실 만나려고
끄트머리에 구멍 내고
실은 바늘구멍에 안기려고 몸 말았다

흐트러진 자식 옷 꿰매기 위해
늘 뾰족한 눈 치켜세우고
한 몸뚱이로 달려들어야 했다

바늘 뚫고 지나간 자리
실이 매듭지으며 마무리했다
몸 추스르며 감싸는 일을 수차례

죽는 날까지
가정의 해진 옷 바로 잡으며
자식에게 사랑의 매듭 남기고 가려고

겉과 속 수차례 오고 가며
아등바등하고 있다

인(人)

온전한 사람으로 살아가는 방법은 무얼까

혼자서는 쓸모없는 작대기
많은 짐 지고 살아가지만 기댈 곳 없는 지게

사람인 두 획에
덜컹 한 획 빼고 위태한 가지로 살아왔다
오롯한 삶을 위해 숱한 날
참된 인(人) 찾아 헤매고 다녔다

꼿꼿하게 서지 못한 빗금의 삶
한때 홀로 완벽하게 설 수 있다고 맹신했지
그것은 맹수로 들끓는 정글에
인적 없는 황량한 사막에
나를 내동댕이쳐버린 것이다

어느 날, 문득
어떤 나무가 다가와 비틀대는 몸 부축했다

위태한 몸뚱어리가 안정감 찾아갔다
온갖 돌풍이 불어왔지만
맞서서 기꺼이 나갈 수 있었다

나무와 나무는 하나가 되어갔다
가냘프지만 앞길 인도하는 작대기 같은 아내
자식이란 수북한 짐을 이고도
작대기에 기대어 쉬는 지게 같은 남편
오롯이 안정감 있게 의지하며 앉아서
마주 보며 미소 짓고 있는 부부

온전한 인간으로 살아가는 법
지게와 작대기처럼
서로 기대어 의지하며
인(人)으로 사는 것이다

감

내 사랑은 그렇습니다
보이지 않았지만
불쑥 화려하게 피었다 진 적이 있습니다
노랗게 물들다 바닥에 나뒹굴어 버린
한낱 봄날 몽환의 실루엣

그때 알았죠
사랑은 카멜레온처럼
서로 엇비슷한 색깔로 맞추는 데서
비롯되는 것이라고
손바닥만 한 믿음을 펴서
열매 맺는 것이라고

사랑 작은 알맹이는
성숙하면
달의 둥근 연민이었다가
해의 뜨거운 간절함이 되지요

사랑은
익을수록
온화한 색이 됩니다

사랑은
딱딱하지만 달짝지근하고
흐물흐물하지만 젤리처럼 부드럽게 씹히죠
삭풍을 맞고 이끼가 끼면
더욱 맛있게
숙성된다는 것을 알았죠

수차례 바닥에 낙하하고
알게 되었어요
사랑이란 소중한 열매

책

부부란 새 책을 사서
너덜너덜해질 때까지 보는 것

당신과 만나던 날
빳빳한 책을 간신히 넘겼다
궁금증과 신비로움으로 다가가
어렵게 페이지 읽었다
서로를 알아가면서
찌릿한 전율과 감동으로 물들었다

결혼 후 얼마나 지났을까
숨 가쁜 넘김에
책은 차츰 너덜너덜해졌다
서로에게 소원해지고
구석진 책장에 꽂아둔 채
한동안 빈 껍데기로 살아갔다

자식 일로

위기에 봉착할 때마다
서슴없이 책장을 빠져나온 책
부드러운 넘김으로
지혜와 비법의 문장을 풀어
환란을 극복해 왔다

매혹적으로 빳빳했을 때의 책보다
흐물흐물하게 읽힌 익숙한 고서가
편하다는 것을 이제 알았다
우리 서로
여생 소중한 책으로
다사다망한 가정 문장을 엮으며
미쁘게 살아갈 것을 믿는다

봄, 여인

네가 다가오는 길에
내가 가지에 기대어
한참을 매달려 기다려 본 적이 있다
무척이나 긴 설렘의 시간이었다

매서운 한파에 기댈 눈길 하나 없이
얼마나 외로웠을까 하는 생각에
너의 고독을 더듬으며
남으로, 남으로 눈을 떴다

겨우내 꼭꼭 감춰놓은
약속의 말들을
성급히 뱉어내고 싶었을 만큼
오독에 몸서리쳤던
으스스한 시련의 변두리

그 경계에서 낯익은 따스함으로
새벽녘 동에 움트는

여명처럼 환히 솟아오를 너
봄이여, 여인이여

제4부

끓는 오후

환란의 계절, 깨달음

참숯

사랑의 전환점은 숯이다
한때 장작이었던 우리
기약 없이 타오른 적 있다
몸을 기대고 짓이기며
흐드러진 꽃이 되고자 한 적 있다

당신과 나의 불사르던 사랑
결국, 숯이 되어서야 멈추었다
여태 마주 볼 수 있었던 것은
검은 숯이 되었기 때문이다
그 후에 소중한 것을 알게 되었다

손끝만 닿아도 찌릿하게 타올랐던
청춘의 아슬아슬한 사랑
어쩌면 참숯이 되기 위한 과정이었다
진정한 사랑은 숯이 되고 나서
다시 시작하는 것이다

그 사랑은

매캐한 연기를 내뿜지 않고
너무 활활 타올라 위험하지 않고
말하지 않아도
마음으로 서로 부둥켜안으며
은근한 불씨와 적당한 열로
생밤과 고구마같이 익혀
먹음직스럽게 데워가는 것이다
냉랭한 가족의 방을 참숯이 되어
온화한 화롯불처럼 데워가는 것이다

사랑하는 아내 은주씨

눈 뜨면 늘 곁에 있는 사람이
그대라서 행복합니다
삶의 낭떠러지
추락의 일보 직전
눈 떠보니 당신이란 난간이
버티고 있었습니다
일촉즉발의 개울가
당신이란 징검돌 있어
건널 수 있었습니다
황량한 사막
오아시스 같은 그대가 있네요
풍랑으로 밀려간 외딴 섬
그대라는 바람이 있어 외롭지 않습니다
그대라는
시들지 않는 꽃 있어서
나는 행복합니다
사랑하는 나의 아내 은주씨

내게 사랑은 그렇습니다

사랑은
눈빛만 봐도 손끝만 닿아도 짜릿한
설렘인 줄 알았습니다
흐드러진 꽃에 나비가 다가오면
부들부들 떠는 이파리인 줄 알았습니다
끊임없이 나타났다 사라짐을 반복하는
야릇한 신기루로 생각했습니다

어느 순간, 속절없이 흘러가야 하는
숲속 계곡물이 되어야 했습니다
각자의 시냇물로 흘러서
강이 되어 예전처럼 만나리라 생각했습니다

그러나 당신은 저 섬에서 나는 이 섬에서
각자의 바다와 태양을 바라보며 살았습니다
그렇게 시간은 야속하게 흘러갔지요

하지만 치열한 전쟁터에서 싸우다보니 알았습니다
상처투성이인 패잔병이지만

미운 정 고운 정 들어 변함없이 치료해주는
당신의 품안에서 알았습니다

내게 사랑은 그렇습니다
세월에 닳고 닳아서 녹아 없어지려 할 때
밟히고 짓눌려서 재생 못할 가슴이지만
당신이 늘 내 곁에 있어
시련 속에서도 뻗는 잔디로 일어나겠습니다

내게 사랑은 그렇습니다
매서운 한파에 졌다가도 봄이면 돋아나는 새순처럼
내 사랑도 어김없이
푸른빛으로 꿋꿋이 피어날 것을 믿습니다

내게 사랑은 오직 당신뿐입니다

손톱

당신과 내가 만나던 날
겨울에도 봉숭아꽃이 빨갛게 물들었다

열 개의 산이 물들고
들끓던 마그마가 봉우리 뚫고 모두 빠져나올 무렵
추위 두른 정상에는 시나브로 소원함이 자라났다

울퉁불퉁해진 표면에
당신은 가슴 후비는 매니큐어를 바르고
왁싱한 말들을 퍼붓기 시작했다

화려한 네일아트는 없나요
더욱 매혹적인 문양은 없는 건가요

당신의 기대가 자라날 때마다
벌겋게 물든 봉숭아물을 조금씩 깎아냈다
속살이 드러나고
기막힌 트리트먼트가 없는 나는

벙어리장갑을 끼고 폭설이 내린 황야로 나섰다

기억이 쌓인 바닥에
낙루로 뭉쳐 깜냥깜냥 세운 눈사람
그곳에는 무너지지 않는
당신과 쌓은 예쁜 말들이 봄처럼 물들어 있었다

그윽한 문양이 불거져 나왔다
흩어진 조각들이 절망을 뚫고 한데 일어섰다

새 손톱이 자라났다

해를 재우는 바다

온종일 일터에서
노동으로 물든 해를 바다가 재운다
해 품에 안으며
땀으로 물든 만큼
한참 마른 수건으로 닦아주며
바다가 해를 재운다

해가 잠들면 바다는 보이지 않는다
해가 잠들면 바다는
어둠에서 내일을 바라본다

후줄근한 해가 바다에 누웠다
빈혈기 있는 수평선이 비틀거렸다
하루의 고단함을 바다에 내려놓는 해
그런 해 안으며 토닥이는 바다

잠든 남편을 바라보며
아내는 입술을 지그시 깨물었다

서쪽으로 누운 남편
밤새 동쪽으로 인도하는 아내
그 꿈속 바닷길을 따라
시나브로
희원으로 향하는 해

별거 후

비 그치고 포플러나무 그늘아래에서 만나요

끼던 반지가 서서히 벗겨지고 나서부터이다
내가 당신 건너갈 때마다 둑이 무너지기 시작했다
당신과 나 사이에 위험한 작달비가 내렸다

쌓고 쌓아도 무너지는 작금의 지반은
우리 믿음이 시나브로 깎이면서부터이다

당신은 수시로 강을 건져 올렸고
나는 석탄 흔적 쫓아 험준한 광산으로 올라갔다
줄곧 당신을 강 속에 파묻혀 놓고 살았다
당신 얼굴이 차츰 내게서 사라졌다
날마다 발바닥은 등뼈에서 내려온 석탄 냄새로 진동했다

강에 헤엄치는 치어들이 성어가 되기까지
수백 개의 둑이 무너졌다 다시 일어섰다

당신 입술이 내 신발을 밟을 때마다
강은 홍수로 넘쳐흘렀다
내리는 빗물은 당신이 내게 쏟아부은 말들이다

부패한 말들이 신발을 후줄근하게 적실 때
시력을 잃어버린 나는
당신에게 돌아갈 길을 잃고 말았다
신발은 강마를 날은 기다리지 않는다
다만 수없이 걸으며 꾸덕꾸덕 말려야 한다

석탄 냄새가 스멀스멀 강으로 내려왔다
강이 의로운 냄새를 맡기 시작했다
비 그치고 강이 마르면
그때 신발 벗고 맨발로
미루나무에서 웃으며 다시 만나요

세탁기 도는 하루

풀어놓은 세제가
수북하게 쌓였던 번민의 때를 밤새 벗겼다
세탁기 호스로 유입된 새벽
설겅거리다 부풀어 오른다
동쪽 하늘이 번지고
해가 부산한 출근 준비로 젓는다

세탁조 안
산재한 업무로 그득 담긴 아침
작업복과 구두 밑창이 굉음을 내며 돌아갔다

땀으로 헹굼한 오전이
물컹해진 섬유 안으로 유입되는 오후
향기로운 유연제에 서쪽 하늘이
퇴근길 발걸음으로 사르르 흡수되고
탈수된 저녁이 집으로 빨려 들어갔다

후줄근하게 젖은 육신

설핏설핏한 업무로 뒤엉켰던 속내
가족의 끈끈한 바닥에 꺼내
수북이 쌓아놓고 후련하게 털어놓았다

온화한 가정의 빨랫줄에 하루를 널고
방안에 조곤조곤 젖은 일상을 말린다
애정의 리듬으로 건조한 방
뽀송뽀송한 밤이 여물고 있다

바다 앞에서

중년의 밤
휑한 마음 달래 줄 이 없어
뜬 눈으로 홀로 찾아간 밤바다
바다가 한걸음 다가올 때마다
추억이 한 움큼씩 다가왔다
달빛은 잔을 붓고 별빛은 심장을 적셨다

바다는 내게 올 때마다
술 한 잔 빼앗아갔다
술잔 비우면 해풍은 잔을 채우고
바다는 또 와서 술 한 잔 갈취했다

바다는 내가 술 취한 게 싫은가 보다
어머니처럼
아내처럼

먼 섬에서 신기루 같은
어머니와 아내의 성화가

발 밑으로 밀려왔다
이제 그만

낙루로 채운 술잔이
의문의 바다로 떨어졌다

반죽

아침 출근 시간
주방장이 성긴 밀가루 반죽 도마에 내려치듯
몰랑몰랑한 의지를 바닥에 후려친다
떡메로 인절미 메치듯 심장이 뛴다

창문으로 넘어오는
등 굽은 동쪽 하늘
한유하게 누워있던 산을 깜냥깜냥 일으켜 세웠다

두부 장수 종소리 마냥
때가 되면 울리던 엄마의 성화도 없고
아버지의 매서운 회초리도 사라진 지 오래다
밤새 젖은 나뭇잎이 몸소름 치며 부리나케 일어섰다

무른 오징어가 햇볕과 해풍에 꾸덕꾸덕 말라가듯
오늘도 뜨겁고 건건한 업무에 강말라 갈 것이다

현관문 열었다
가솔 허기진 배가 온몸에 시근벌떡 달라붙었다
불현듯 소산했던 의지가 한 군데로 응집하고
비치적대는 생각이 불끈대며 일어났다

가장이란 분말에 아침이슬 부어
아랫입술에 이겨 개었디
어제보다 오늘은 일호 차질 것이다

목욕탕에서

마냥 냉하거나 온한 것이란 있을 수 없다
온탕에서 냉한 몸이 데워지고
냉탕에서 더운 몸이 식혀지듯
삶이란 수시로 냉온을 드나드는 것

부부란
온수와 냉수가 만나 중화되는 것
이따금 누군가 온수였다가
냉수를 만나 차분해지고
누군가 냉수였다가도
온수를 만나 온화해지고

줄곧 온탕에 있다 보면
스멀스멀 냉탕이 그리워지고
이내 냉탕에 있으면
시나브로 온탕이 그리워지는 법

냉랭한 한쪽을 위해

서슴없이 뜨거워졌다가
뜨거운 한쪽을 위해 냉랭해져
늘 적당한 온도를 유지해야 한다

냉기에 혹은 열기에
자칫 스러지지 않으려고
오늘도 쉼 없이 서로를 위해
뜨거웠다 차가워짐을 반복하는 것이다

꽃가게

아내의 생일
오늘 아침, 꽃가게 가판대
김태희가 서 있다
고아라와 신민아, 이나영과 수지도 있다
몹시 요염한 자세로 나를 유혹한다

잠시 시간은 멈추고
나는 물끄러미 그녀들을 바라본다
민낯인 대도
그녀들은 눈부시게 수려하다

나는 한동안 황홀함에 후줄근하게 젖었다
다가가 만지고 싶지만
불현듯 와락 안고 싶지만
심지어 툭 꺾어 가방 속에 넣고 싶지만
숱하게 마음을 죽이며 체념한다

씁쓸한 한숨 내쉬고

고개 떨어뜨린 채 말없이 돌아선다

나는 유부남이다

퇴근하며 집으로 오는 길
통째로 꽃바구니에 넣어
보
란
듯
아내에게 선물로 줘야겠다

쉼표와 마침표

살다가 애틋한 인연과 쉼표 찍을 때
한동안 숨 벅차오르고 몸살 앓는다

거친 휘호와 긴 문장이 버거울 때
뜻하지 않는 휴식과 이별 맞이하듯
어떤 인연의 소설 쓰다가
홀연히 마침표 찍어야 할 때가 있다

경제 소용돌이서 허우적대다
붉은 가슴 타들어 가는 수평선 언저리
작은 돛단배 하나 닿는 선착장
실재와 꿈이 만나는 접경지역에서
실어 작품의 마침표를 찍는다

살다가 가끔 쉼표 찍을 때
심혼 정수리 굵은 작달비가 내리고
극심한 물결이 집채 삼킨다

삶이란 쉼표와 마침표 맴돌이서
아등바등 고뇌하며 각본 써 내려가는 것
이루지 못한 명작 꿈꾸며
끊임없는 인연과 부대끼다 작별하고
적절한 순서와 흐름에 맞는 문맥 찾아
힘겨운 호흡과 박자를 맞추는 것
끝없이, 쉼표와 마침표를 반복하는 일이다

당신

당신 얼굴을 가슴속에 넣는다
온몸 찌든 때가 빠져나왔다

당신 목소리 듣는다
마음속 고약한 냄새 빠져나왔다

당신은 나의 강력한 세제
당신을 가슴속에 넣을 때마다
말끔하게 세척된
청아한 옷으로 갈아입는다

당신은 나의 강력한 방향제
당신을 온몸에 뿌릴 때마다
세상 하나밖에 없는
야릇한 향기가 심장으로 들어온다

아내의 꽃

꽃이 날 보고 웃는다
살갑게 조잘대던 새들도
먹이 찾아 떠난
황량한 들에 꼿꼿이 서서
날 보고 꽃이 웃는다

지난 청춘의 봄과 여름
따스함과 시원함으로
살갑게 다가왔던 바람
어느새 파릇하던 잎 빼앗고
내 안에 온기를 빼앗고

스산함이 뚝뚝 떨어지는
앙상한 중년 가을
모두가 제집 찾아 떠난
호젓한 들판에 서서

누군가는 날 위해

웃어주는 이가 있다
변함없이 날 위해
기다려주는 사람이 있다

제5부

마주 보는 밤

진정한 사랑 앞에 서서

오래된 꽃

아내도 예쁜 꽃을 좋아합니다
그때 이후로 잊고 살았습니다
아내도 넓은 가슴을 좋아합니다
그때 이후로 모르고 살았습니다
아내도 꿈 많은 소녀처럼 별을 봅니다
그때 이후로 안 그런 줄 알았습니다

아내가 두 손을 잡고 품에 안깁니다
그때 이후로 가장 편안한 시간입니다
아내가 활짝 웃습니다
그때 이후로 가장 아름다운 꽃을 봅니다
아내가 사랑한다고 말합니다
그때 이후로 가장 행복한 시간입니다

중고차 세차하다 문득 해묵은 당신을 생각하며

당신도 이렇게 군데군데
녹이 슬었구나
당신도 이렇게 여기저기
때가 끼었구나

첫 만남엔 화려하고 설레는데
처음엔 마냥 업고
고속도로 씽씽 달릴 줄 알았는데
영영 뻔쩍뻔쩍할 줄 알았는데

비포장도로 달리다
타이어 펑크 나기도 했고
좁은 골목길 지나다가
드문드문 찌그러지기도 했지

계기판 주행거리는
당신과 내가 부여잡고 온 시간이야

언제 이렇게 달려왔는지 몰라
늘 깨끗이 닦아줄 거라 했는데
연일 숨 가쁜 주행으로 지치다 보니
비바람과 미세먼지 있는 곳에 주차한 채
방치한 때가 많았지

새로운 신제품 많이 나왔지만
그래도 당신이 나에겐 최고야
자주 닦아주지 못해 미안해
그동안 고생 많았어
나와 함께 해줘서
앞으로도 함께해 줄 거지

고마워
여보 사랑해

마누라 베개에게

만단수심에 잠 못 이루는 밤
들킬까 봐 몰래 흘린 눈물 받아주고
지친 몸 짓눌러도 아픈 가슴 참아가며
보듬고 감싸주는 이 있으니
이 긴 밤 외롭지 않네

누가 알아줄까
중년남의 냉랭한 마음
세월 흘러 옛 설렘은 덜 해도
변함없이 곁에서 바라보는 이 있으니
한숨 내어도 비실거리지 않네

오늘 밤도 잘 부탁하네

세탁

가사로 찌든 때 물든 아내를 세탁기 안에 넣고 돌린다

줄곧 가족 안위 돌보느라
속옷과 외투가 되어 얼룩지고 부풀 일은 당신
내가 당신을 입고 활보했던 만큼의 수위가 조절되고 있다

당신 돌보지 못한 시간의 수심만큼
강력한 세제를 붓는다

머물렀던 애정의 회전력으로
왼쪽으로 돌다 오른쪽으로 돌아가는 당신

여러 해 전, 보송보송한 설렘으로 다가왔던 아내
몸속 찌든 때가 나올 때마다
뼈마디마다 박힌 탄식이 수북이 빠져나오고 있다

당신을 얼마나 헹궈야 할지 내게 묻는다

괜스레 상하지 않을까 걱정이다
괜스레 덜컹거리지 않을까 염려이다

주름진 통회를 탈탈 털어
후줄근하게 젖은 생각 건조대에 널어놓는다
한량(寒涼)한 세월이 바닥으로 뚝뚝 떨어졌다

햇볕에 꾸덕꾸덕 건조된 당신을 입어야 할
나
심연에서 주름진 당신 얼굴을 곱게 펴낼
보은(報恩)을 깜냥깜냥 걸쳐 입고 있다

그래도 다행이야
여전히 당신을 입을 수 있으니

눈사람

따듯한 눈사람을 만들어 본 적이 있는가

수십 년간 마음 한편에 담아두고
사느라 차일피일 미루며 오지 못한
연애 시절 데이트 장소에 아내와 함께했다

추억 내려놓은 방안에 눈이 내렸다
수북이 쌓아놓은 눈송이가 우르르 쏟아져 내렸다
척박한 방에 눈꽃이 만개했다
듬뿍 쌓인 눈으로 행복 둘둘 말았다
끈끈하게 눌어붙어 부서지지 않는, 눈사람 뭉쳤다

우리가 멀리 있던 동안 눈이 내렸던 거다
이렇게 커다란 눈사람 만들려고
애틋한 눈이 내렸던 거다

사랑하는 이를 기다리는 것은
예쁜 눈 차곡차곡 저장하는 일

그리워한 날이 길수록 눈은 더 많이 쌓이는 법

이따금 눈을 뭉치고 싶었지만
적은 양으로 뭉치기엔 지치고 곤궁했던 삶
눈이 밟히고 녹아버린 적이 얼마나 많았던가
목하의 따듯한 눈사람을 만든 건
애정이 수북이 쌓일 때까지 기다린 날로 인해
더 찰지고 풍만하게 뭉쳐졌던 것이 아닐까

보고픈 이를 기다리는 동안
눈이 내렸던 거다

오늘 밤, 서로의 눈이 오고 가고
우리는 더불어 광휘한 눈사람을 만들고 있다
온화하게 익은 눈사람을 부둥켜안고
깜냥깜냥 환희로 내달리고 있다

연고

중년의 밤, 매일 서슬 퍼런 칼에 베인 듯 깊은 상처가 난다
후줄근한 하루가 웅성웅성한 방 안에 곪아 터진다
구두 밑창은 온종일 밟은 자국들 쫓으며 돌아다닌다

횃불 같은 목울대가 어둑어둑한 벽에 서느렇게 달라붙었다
휘청대는 의자에 피가 나고
빈혈기 있는 술잔에서 눈물이 떨어졌다
무릎 꿇고 앉은 식탁은 내내 벌서고 있고
심장이 멈춘 벽시계는 눈치만 보고 있다

바닥에서 무수한 발진이 돋고 통증이 밀려왔다
누군가 옷 벗고 맨발로 득달같이 달려왔다
곰살궂게 다가와 조곤조곤 상처 난 부위에 약을 발라주었다
방안을 배회하던 탄식과 번민들 서서히 아물었다

날마다 돋은 상처 푸근하게 다독이는 아내
나는 밤새 위대한 우주 품에서 쾌유했다

아내의 손

아내의 거친 손이
불현듯, 내 눈에 아릿하게 넘어왔다
그때 이후로 줄곧
제대로 잡아주지 못했던
왠지 낯선 손
가만가만 다가가 만져본다
소실된 자기장이 새록새록 재생되고
강한 자력선이 재빠르게
온몸에 자석처럼 빙의한다
척박한 대지에 삽시간
흥건한 전율이 너울처럼 밀려왔다

한동안 나는 마비가 된 듯
아내 손안에서 옴짝달싹 못했다
심장이 철퍼덕 주저앉았다
서먹함은 극심한 현기증을 앓고
고마움에 반쯤 열린 입은
허공 안에서 연거푸 설컹댔다

작달비 욱신거리며 내리는 날
추억의 단애에 곧추서서
아내의 손을
애틋한 연민의 눈빛으로
갸릉갸릉 감싸 쥐고 있다

매미의 계절

짝짓기로 분주한 매미
여름 사이로 뜨거운 여름이 지나간다
한때 누군가에게 매달려 간절하게 불러본 적 있다
절실한 외침에 한여름은 몹시 광휘했다

나도 한때 매미처럼 울부짖은 적 있다
당신이란 나무에 안착해 오르내린 지 여러 해
한없이 울어본 자만이 여름을 발설할 수 있다
많은 말 쏟아내었다
말들은 땅속에서 숨어 지내다가
때가 되면 계절 타고 이내 열기로 솟아오른다

누가 사랑을 한 때라고 했는가
돌고 돌아 어김없이 불타는 계절은 온다
현상이 반드시 진실은 아닌 것
울음을 갈라놓으면 그 안에 품은 희로애락의 씨앗들
울음 속에 지금껏 살아온 발자취 있다

계절 껍질 벗기면 또 다른 계절이 공존한다
여름이 봄씨앗 틔워 자라났듯
죽도록 목 놓아 부르던 여름은 풍성한 가을 낳는다
희비와 냉온 함께 사는 나무도
태양 자궁에 잉태하여 태어났다
강렬한 울음은 결국 햇살에서 유래한 것

실컷 울어본 자만이 웃을 수 있다
매미가 웃고 있다
여름이 수없이 지나간 자리
흐드러지게 얼룩진 계절 한껏 불러본다

허물 벗고 날갯짓하는 매미
나도 이제 겨우 날개 퍼드덕대고 있다
강렬한 외침 속으로 뜨거운 생이 지나간다

아내

당신은 공기였습니다
파산으로 숨을 헐떡이고서
알았습니다
나를 숨 쉬게 해준
존재라는 것을

당신은 건전지였습니다
실직으로 시침이 멈추고서
알았습니다.
나를 움직이게 해준
존재라는 것을

당신은 이정표였습니다
마음의 병들어 옴짝달싹 못 하고
알았습니다
나를 인도하게 해준
존재라는 것을

뜨개질

나뭇잎에 매달린 소슬바람의 울음소리가
뼛속 깊이 웅숭깊어질 무렵
한 쌍의 코바늘이 만났다
첫 만남은 다소 어색했다
움직임은 서툴렀지만
마음이 한 올 한 올 엮이고
정성이 한 땀 한 땀 묻으면서
시나브로 익숙한 뜨개질이 되었다

코바늘은 서로 실을 걸고 감싸안았다
언뜻 엇갈리는 동작 같지만
그것은 하나의 옷을 만드는 과정이다
쉼 없이 부대끼고 끌어안으며
실을 파고들어야 온전히 이룰 수 있는

코바늘의 바지런한 움직임은
한파에도 견딜만한
따스한 한 벌의 털옷 되었다

코바늘 한 쌍이 엮은 뜨개질은
온화하고 독특한 문양을 지닌
가정을 제작하는 것이다
그 옷은 훗날
으스스한 추위에도 견딜 수 있는
온화한 난로가 될 것이다

자식을 따듯한 걸음으로
내딛게 하는
한 쌍의 광휘한 역동(力動)

그대를 사랑하는 까닭

나 그대 사랑하는 까닭은
파도 바위에 부딪혀 울고
눈비 멈추지 않고 내릴 때도
변함없는 당신 마음 때문입니다

숱한 시련에 고개 숙일 때마다
애틋함으로 다가오는 눈빛
애증(愛憎)이 승화한 당신 말투에
다시 일어설 수 있습니다

그대 곁에 다가가려 했지만
썰물이 되어온 적 많았죠
어느 날 폭풍우 몰아치고
먼 수평선으로 밀려 살기도 했습니다

어둠이 마음 가두고
바람처럼 떠돌아다녀도
당신은 언제나 그 자리에서 빛이 되어

나를 환하게 안을 준비를 했습니다

나 그대를 사랑하는 까닭은
어디 기댈 곳 없는 공허한 마음이
사경 헤매고 다닐 때
언제나 벗으로 다가와
꽉 붙잡고 놓아주지 않기 때문입니다

꽃이었습니다

지나고 나니 모두 꽃이었습니다
돌이켜보니 모두 행복이었습니다

나를 조각한 시련도
청초하게 스미었던 사랑의 아픔도
그때는 정말 행복이었는지 몰랐습니다
탐스런 꽃이었는지 몰랐습니다

겨울에도 화사하게 핀 저 청춘들
해가 갈수록 더 수려하게 다가옵니다
계절이 지나갈수록 애틋하게 펄럭입니다

눈은 벌써 황홀에 젖어
울긋불긋 화려한 꽃밭에 와 있습니다

아! 흐드러지게 눈부신 저 꽃들
농후한 향기가 저벅저벅
괜스레 나의 강마른 눈물을 퍼냅니다
왜일까요 자꾸 가슴 한편이 뜨겁습니다

다시 돌아올 수 없는 청춘이기에
그땐 전부 행복이었습니다
모두가 화려한 꽃이었습니다

그대 몸은 멀어도
사랑만은 가슴에 달고 살자

언젠가 우린 뜨거운 우정을 외치며
익어가는 노을 속에 술잔 채웠다
고난의 연속인 인생을
우린 친구가 되어 헤쳐 가기로 했다

언젠가 우린 사랑을 얘기하며
차츰 짙어가는 바닷가에서 눈물을 닦았다
삭막해져 가는 현실 속에서
우린 연인이 되어 웃으며 살기로 했었다

시간이 흐르고
이별
알 수 없는 그리움

같은 하늘 아래 있으면서
서로 마주 볼 수 없는 사람들
같은 추억을 지니고 있으면서
헤어져야만 했던 사람들

비와 눈 속에 숨어서
지난 노래가 흐를 때마다
어김없이 생각나는 사람들

모두 가슴 시린
그리움 달래며
사는 사람들이다

그대 몸은 멀어도 사랑만은 가슴에 달고 살자

사랑하는 아내에게

모진 세상
어떻게 살 수 있었느냐고 물으시면
당신 잔소리로
바른길 찾아 지금까지 왔다고 말하리다

부질없는 세상
무엇 하러 살았냐고 물으시면
당신 얼굴에 웃음꽃 피울 때까지 기다리다가
여기까지 왔다고 말하리다

머언 길 끝
육신과 영혼이 분리되는 곳에서
난 과연 무엇을 떠올릴 수 있을까
어떻게 무거운 짐 내려놓을 수 있을까

당신이 내 곁에서
두 손 꼭 잡아주고 웃으면
난 당신 눈물 다 가지고
한없이 갈 수 있으리오

당신 힘들게 했던
긴 세월만큼
당신을 사랑합니다

지게와 작대기

움츠린 하늘이 어깨 펴고 엷은 꽃이 불그스레해질 즈음 고즈넉한 농촌 마을 어귀서 지게와 작대기가 만났다 지게는 양지바른 앞산서 자라 장가를 가고 작대기는 뒷동산 음지서 자라 시집을 왔다
처음 몸 둘 바를 몰랐던 작대기에게 지게가 살포시 와서 안았다

그렇게 한 가정은 시작되었다 작대기는 지게가 나무를 담을 때까지 기다렸다가 항상 지게가 가야 할 곳을 안내했고 가녀린 몸으로 거친 숲을 헤쳐나갔다

자식에게 양식을 주려고 온종일 산을 헤매고 다니던 지게는 먹이를 가득 담아 집으로 돌아왔고 말없이 내려놓은 채 고된 몸을 작대기에 기대어 잠들었다

시간은 흘러갔지만 늘 마음뿐 지게와 작대기는 고맙다는 말도 사랑한다는 말도 번번이 하지 못했다 세월이 흘러 지게와 작대기의 몸이 쇠약해질 때쯤 건실하게 자란 자식들은 모두 출가하고 없었다

늙고 병든 지게와 작대기는 그저 자식이 잘되기만 바랄 뿐이었다

지게와 작대기를 떠난 자식들은 바쁘단 핑계로 자주 볼 수 없었고 둘이 남아 서로 의지하며 예전처럼 마주 보고 있다 자식의 만남이 뜸했던 지게는 제 몸을 아궁이에 던져 마지막으로 자식을 만났다 얼마 후 지게가 없는 작대기는 죽은 막대기에 지나지 않았고 남은 생을 가슴 태우며 살다가 지게처럼 아궁이에 몸 던지기로 했다

작대기는 알고 있었다 지난날 살아갈 수 있었던 힘은 지게라는 존재가 있었기 때문이라는 것을 세상에 아름다운 모습으로 기대어 설 수 있었던 원천은 둘이 함께했었기 때문이었다는 것을

맑은누리 시인선 001

오래된 꽃

정재돈 시집

초판 1쇄 인쇄 2023년 8월 22일
초판 1쇄 발행 2023년 8월 22일

지은이 I 정재돈
펴낸이 I 임은주
편집 I 김소리
펴낸곳 I 맑은누리
출판등록 I 2023년 5월 17일 제 2023-000069호
주소 I 경기도 수원시 영통구 권광로 260번길 36 109동 704호
(매탄동, 현대힐스테이트아파트)
전화 I 070-4256-5177
팩스 I 0504-010-1045
이메일 I cjjd33@hanmail.net

ISBN 979-11-983301-9-2-03810